F. M. Dostojewski

Christbaum und Hochzeit

Ф. М. Достоевский

Елка и свадьба

CLASSIC PAGES

F. M. Dostojewski/Ф. М. Достоевский

Christbaum und Hochzeit/Елка и свадьба

zweisprachige Ausgabe/двуязычное издание

Reihe: classic pages

Auflage 2010 | ISBN: 978-3-86741-530-9

© Europäischer Hochschulverlag GmbH & Co KG

Umschlag: Ausschnitt aus dem Gemälde „Die ungleiche Ehe" von W. W. Pukirev /Обложка: картина В. В. Пукирева «Неравный брак».

www.classic-pages.de

Christbaum und Hochzeit

Елка и свадьба

Christbaum und Hochzeit

(Aus den Aufzeichnungen eines Unbekannten)

Neulich sah ich eine Hochzeit ... doch nein! Ich will Ihnen lieber von einer Christbaumfeier erzählen. Die Hochzeit war schön; sie gefiel mir sehr, aber die andere Feier war noch schöner. Ich weiß nicht warum, doch als ich die Hochzeit sah, musste ich an die Christbaumfeier denken. Diese sah ich aber bei folgender Gelegenheit. Vor genau fünf Jahren war ich am Silvesterabend zu einem Kinderball eingeladen. Der Gastgeber war ein sehr bekannter Geschäftsmann mit viel Verbindungen, Bekanntschaften und Intrigen, sodass der Kinderball wohl mehr ein Vorwand für die Eltern war, zusammenzukommen, um auf eine scheinbar harmlose und zufällige Weise von andern, wichtigeren Dingen zu sprechen. Ich war in die Gesellschaft ganz zufällig hineingeraten, hatte keinerlei Beziehungen zu den interessanten Dingen, die da besprochen wurden, und konnte daher den Abend ganz unabhängig verbringen. Da war noch ein Herr anwesend, wohl auch ein Fremder in der Gesellschaft, der gleich mir ganz zufällig zu dem Familienfeste gekommen war ... Er fiel mir vor allen andern in die Augen. Es war ein schlanker, hagerer Herr, von sehr solidem Äußern und sehr anständig gekleidet. Offenbar interessierten ihn die Freuden des Festes und das Familienglück sehr wenig; sobald er in eine Ecke ging und sich unbeobachtet glaubte, hörte er sofort zu lächeln auf und zog seine schwarzen dicken Brauen zusammen. Außer dem Hausherrn kannte

Елка и свадьба

(Из записок неизвестного)

На днях я видел свадьбу... но нет! Лучше я вам расскажу про елку. Свадьба хороша; она мне очень понравилась, но другое происшествие лучше. Не знаю, каким образом, смотря на эту свадьбу, я вспомнил про эту елку. Это вот как случилось. Ровно лет пять назад, накануне Нового года, меня пригласили на детский бал. Лицо приглашавшее было одно известное деловое лицо, со связями, с знакомством, с интригами, так что можно было подумать, что детский бал этот был предлогом для родителей сойтись в кучу и потолковать об иных интересных материях невинным, случайным, нечаянным образом. Я был человек посторонний; материй у меня не было никаких, и потому я провел вечер довольно независимо. Тут был и еще один господин, у которого, кажется, не было ни роду, ни племени, но который, подобно мне, попал на семейное счастье... Он прежде всех бросился мне на глаза. Это был высокий, худощавый мужчина, весьма серьезный, весьма прилично одетый. Но видно было, что ему вовсе не до радостей и семейного счастья: когда он отходил куда-нибудь в угол, то сейчас же переставал улыбаться и хмурил свои густые черные брови.

er niemand von der Gesellschaft. Man sah ihm an, dass er sich tödlich langweilte, doch entschlossen war, die Rolle eines heiteren und fröhlichen Gastes bis ans Ende durchzuhalten. Später erfuhr ich, dass dieser Herr aus der Provinz gekommen war, um in der Hauptstadt irgendein sehr wichtiges und schwieriges Geschäft abzuwickeln, dass er einen Empfehlungsbrief an den Gastgeber mitgebracht hatte, dass dieser letztere ihn durchaus nicht con amore protegierte und ihn nur aus Höflichkeit zu seinem Kinderball geladen hatte. Karten spielte man nicht, eine Zigarre wurde ihm nicht angeboten, niemand zog ihn ins Gespräch – vielleicht weil man den Vogel gleich an den Federn erkannt hatte, und so war mein Herr genötigt, um mit seinen Händen nur etwas anzufangen, den ganzen Abend seinen Backenbart zu streicheln. Dieser Backenbart war aber wirklich außergewöhnlich schön. Doch er streichelte ihn so eifrig, dass man bei seinem Anblick entschieden denken musste, der Backenbart sei zuerst erschaffen worden, und dann erst der Herr, nur um ihn zu streicheln.

Außer dieser Gestalt, die am Familienglück des Hausherrn (dieser hatte übrigens sechs wohlgenährte kleine Söhne) auf die angedeutete Weise teilnahm, erregte noch ein anderer Herr mein Gefallen. Dieser war ganz andersgeartet. Er war nämlich eine Persönlichkeit. Man nannte ihn Julian Mastakowitsch.

Знакомых, кроме хозяина, на всем бале у него не было ни единой души. Видно было, что ему страх скучно, но что он выдерживал храбро, до конца, роль совершенно развлеченного и счастливого человека. Я после узнал, что это один господин из провинции, у которого было какое-то решительное, головоломное дело в столице, который привез нашему хозяину рекомендательное письмо, которому хозяин наш покровительствовал вовсе не con amore[1] и которого пригласил из учтивости на свой детский бал. В карты не играли, сигары ему не предложили, в разговоры с ним никто не пускался, может быть, издали узнав птицу по перьям, и потому мой господин принужден был, чтоб только куда-нибудь девать руки, весь вечер гладить свои бакенбарды. Бакенбарды были действительно весьма хороши. Но он гладил их до того усердно, что, глядя на него, решительно можно было подумать, что сперва произведены на свет одни бакенбарды, а потом уж приставлен к ним господин, чтобы их гладить.

Кроме этой фигуры, таким образом принимавшей участие в семейном счастии хозяина, у которого было пятеро сытеньких мальчиков, понравился мне еще один господин. Но этот уже был совершенно другого свойства. Это было Лицо. Звали его Юлиан Мастакович.

Beim ersten Blick konnte man erkennen, dass er hier Ehrengast war und in denselben Beziehungen zum Hausherrn stand, wie dieser letztere zu dem Herrn mit dem Backenbart. Der Herr und die Dame des Hauses sagten ihm unzählige Komplimente, machten ihm den Hof, schenkten ihm eifrig vom Besten ein und stellten ihm alle anderen Gäste vor; doch ihn selbst stellte man niemandem vor. Ich merkte, wie in die Augen des Hausherrn Freudentränen traten, als dieser Gast meinte, er hätte selten einen Abend so angenehm verbracht wie diesen. Eine solche Persönlichkeit flößt mir immer einige Angst ein, und darum zog ich mich, nachdem ich die Kindergesellschaft genügend bewundert hatte, in einen kleinen Salon zurück, der ganz leer war, und setzte mich in eine Efeulaube, welche fast die Hälfte des Zimmers einnahm.

Die Kinder waren ganz außerordentlich lieb und wollten, trotz aller Ermahnungen der Gouvernanten und Mütter, um keinen Preis den Erwachsenen gleichen. Sie plünderten in einem Augenblick den ganzen Weihnachtsbaum bis zum letzten Bonbon und zerbrachen die Hälfte der Spielsachen noch, bevor sie erfahren hatten, für wen jede einzelne bestimmt war. Besonders nett war ein Knabe mit Lockenkopf und schwarzen Augen, der mich einige Mal mit seinem hölzernen Gewehr erschießen wollte. Noch mehr fiel aber seine Schwester auf, ein Mädchen von etwa elf Jahren, lieblich wie ein Engel, still und verträumt, blass, mit großen versonnenen Augen.

С первого взгляда можно было видеть, что он был гостем почетным и находился в таких же отношениях к хозяину, в каких хозяин к господину, гладившему свои бакенбарды. Хозяин и хозяйка говорили ему бездну любезностей, ухаживали, поили его, лелеяли, подводили к нему, для рекомендации, своих гостей, а его самого ни к кому не подводили. Я заметил, что у хозяина заискрилась слеза на глазах, когда Юлиан Мастакович отнесся по вечеру, что он редко проводит таким приятным образом время. Мне как-то стало страшно в присутствии такого лица, и потому, полюбовавшись на детей, я ушел в маленькую гостиную, которая была совершенно пуста, и засел в цветочную беседку хозяйки, занимавшую почти половину всей комнаты.

Дети все были до невероятности милы и решительно не хотели походить на *больших*, несмотря на все увещания гувернанток и маменек. Они разобрали всю елку вмиг, до последней конфетки, и успели уже переломать половину игрушек, прежде чем узнали, кому какая назначена. Особенно хорош был один мальчик, черноглазый, в кудряшках, который всё хотел меня застрелить из своего деревянного ружья. Но всех более обратила на себя внимание его сестра, девочка лет одиннадцати, прелестная, как амурчик, тихонькая, задумчивая, бледная, с большими задумчивыми глазами навыкате.

Die andern Kinder hatten sie irgendwie beleidigt, und darum zog sie sich in den Salon zurück, wo ich saß, und begann in einem Winkel mit ihrer Puppe zu spielen. Die Gäste zeigten mit großem Respekt auf einen reichen Branntweinpächter, der ihr Vater war, und jemand bemerkte im Flüsterton, dass für sie als Mitgift bereits dreimalhunderttausend Rubel zurückgelegt seien. Ich wandte mich um, um mir die Leute anzusehen, die sich für diese Mitteilung besonders interessierten, und mein Blick fiel auf Julian Mastakowitsch, der, die Hände im Rücken und den Kopf etwas zur Seite geneigt, besonders aufmerksam dem Geschwätz der übrigen Herren lauschte. Später musste ich die Weisheit bewundern, die der Hausherr bei der Verteilung der Geschenke an die Kinder zeigte. Das Mädchen, das bereits dreimalhunderttausend Rubel besaß, bekam eine überaus kostbare Puppe. Dann folgten im absteigenden Werte die übrigen Geschenke, je nach der absteigenden Position der Eltern dieser glücklichen Kinder. Ganz zuletzt kam ein etwa zehnjähriger, kleiner Junge, schwächlich, klein, mit Sommersprossen und rötlichem Haar, der nur einen Band Erzählungen bekam, die alle von der Erhabenheit der Natur, von Tränen der Empfindsamkeit und dergleichen handelten, doch ohne Bilder und sogar ohne Vignetten. Er war der Sohn der Gouvernante des Hauses, einer armen Witwe und schien sehr scheu und verschüchtert. Er trug ein ärmliches Jäckchen aus Nanking. Nachdem er sein Buch bekommen hatte, ging er lange um die andern Spielsachen herum: er hatte große Lust, mit den andern Kindern zu spielen, wagte es aber

Ее как-то обидели дети, и потому она ушла в ту самую гостиную, где сидел я, и занялась в уголку — своей куклой. Гости с уважением указывали на одного богатого откупщика, ее родителя, и кое-кто замечал шепотом, что за ней уже отложено на приданое триста тысяч рублей. Я оборотился взглянуть на любопытствующих о таком обстоятельстве, и взгляд мой упал на Юлиана Мастаковича, который, закинув руки за спину и наклонив немножечко голову набок, как-то чрезвычайно внимательно прислушивался к празднословию этих господ. Потом я не мог не подивиться мудрости хозяев при раздаче детских подарков. Девочка, уже имевшая триста тысяч рублей приданого, получила богатейшую куклу. Потом следовали подарки понижаясь, смотря по понижению рангов родителей всех этих счастливых детей. Наконец, последний ребенок, мальчик лет десяти, худенький, маленький, весноватенький, рыженький, получил только одну книжку повестей, толковавших о величии природы, о слезах умиления и прочее, без картинок и даже без виньетки. Он был сын гувернантки хозяйских детей, одной бедной вдовы, мальчик крайне забитый и запуганный. Одет он был в курточку из убогой нанки. Получив свою книжку, он долгое время ходил около других игрушек; ему ужасно хотелось поиграть с другим детьми, но он не смел; видно было, что он уже чувствовал и

nicht; man sah ihm an, dass er seine Stellung im Hause durchaus begriff. Ich liebe es sehr, Kinder zu beobachten. Es ist außerordentlich interessant, wenn sich in ihnen die ersten Regungen eines selbstständigen Lebens bemerkbar machen. Ich merkte, dass der rothaarige Junge von den Spielsachen der andern Kinder und besonders vom Puppentheater, in dem er irgendeine Rolle spielen wollte, so mächtig angezogen war, dass er sogar zu einem Kriecher wurde. Er lächelte den andern Kindern zu, machte ihnen den Hof, schenkte einem aufgedunsenen Bengel, der bereits einen ganzen Haufen Näschereien in seinem Taschentuch hatte, seinen Apfel und ließ sich sogar herab, einen andern Bengel Huckepack zu tragen; und alles, nur um am Theater mitspielen zu dürfen! Doch nach einigen Minuten wurde er von einem besonders frechen Jungen ordentlich verprügelt. Der arme Knabe wagte nicht zu weinen. Nun erschien die Gouvernante, seine Mutter, und sagte ihm, dass er die andern Kinder in ihrem Spiele nicht stören solle. Der Knabe ging in denselben Salon, wo schon das Mädchen saß. Sie ließ ihn zu sich heran, und beide Kinder begannen mit großem Eifer, die kostbare Puppe anzukleiden.

Ich saß schon eine halbe Stunde in der Efeulaube und war beim Gespräch des rothaarigen Jungen mit dem hübschen Mädchen, das eine Mitgift von dreimalhunderttausend Rubel besaß, beinahe eingenickt, als plötzlich Julian Mastakowitsch ins Zimmer trat.

Irgendeine Streitigkeit unter den Kindern hatte die Aufmerksamkeit der andern Gäste auf

понимал свое положение. Я очень люблю наблюдать за детьми. Чрезвычайно любопытно в них первое, самостоятельное проявление в жизни. Я заметил, что рыженький мальчик до того соблазнился богатыми игрушкам других детей, особенно театром, в котором ему непременно хотелось взять на себя какую-то роль, что решился поподличать. Он улыбался и заигрывал с другими детьми, он отдал свое яблоко одному одутловатому мальчишке, у которого навязан был полный платок гостинцев, и даже решился повозить одного на себе, чтоб только не отогнали его от театра. Но чрез минуту какой-то озорник препорядочно поколотил его. Ребенок не посмел заплакать. Тут явилась гувернантка, его маменька, и велела ему не мешать играть другим детям. Ребенок вошел в ту же гостиную, где была девочка. Она пустила его к себе, и оба весьма усердно принялись наряжать богатую куклу.

Я сидел уже с полчаса в плющевой беседке и почти задремал, прислушиваясь к маленькому говору рыженького мальчика и красавицы с тремястами тысяч приданого хлопотавших о кукле, как вдруг в комнату вошел Юлиан Мастакович.

sich gezogen, und er schlich sich unbemerkt aus dem Saal hinaus. Ich hatte bemerkt, wie er kurz vorher mit dem Papa der zukünftigen reichen Braut, mit dem er erst soeben bekannt geworden war, über die Vorzüge irgendeiner Beamtenlaufbahn vor einer andern gesprochen hatte. Nun stand er in Nachdenken versunken da und schien etwas an den Fingern zu rechnen.

»Dreihundert ... dreihundert,« flüsterte er. »Elf ... zwölf ... dreizehn ... Bis sechzehn sind noch fünf Jahre! Nehmen wir an vier auf hundert, macht zwölf; fünfmal zwölf macht sechzig; nun auf diese sechzig ... Im Ganzen werden es in fünf Jahren vierhundert sein ... Ja! Nicht übel ... Er wird sie aber nicht zu vier auf hundert liegen haben, der Spitzbube. Der wird schon acht oder gar zehn für hundert nehmen. Es werden also wenigstens fünfmalhunderttausend sein, das ist sicher; und der Rest geht dann für die Aussteuer, hm ...«

Er beendigte seine Berechnungen, schnäuzte sich und wollte schon das Zimmer wieder verlassen, als er plötzlich das Mädchen bemerkte. Ich saß hinter den Blumentöpfen, und er konnte mich nicht sehen. Er schien mir sehr aufgeregt zu sein: ob es das Resultat seiner Berechnungen war, oder irgend etwas anderes, das auf ihn so wirkte, weiß ich nicht; er rieb sich die Hände und konnte nicht ruhig auf einem Flecke stehen. Mit immer wachsender Erregung warf er einen zweiten, sehr entschlossenen Blick auf die künftige Braut.

Он воспользовался скандалезною сценою ссоры детей и вышел потихоньку из залы. Я заметил, что он с минуту назад весьма горячо говорил с папенькой будущей богатой невесты, с которым только что познакомился, о преимуществе какой-то службы перед другою. Теперь он стоял в раздумье и как будто что-то рассчитывал по пальцам.

— Триста... триста, — шептал он. — Одиннадцать... двенадцать... тринадцать и так далее. Шестнадцать — пять лет! Положим, по четыре на сто — 12, пять раз = 60, да на эти 60... ну, положим, всего будет через пять лет — четыреста. Да! вот... Да не по четыре со ста же держит, мошенник! Может, восемь аль десять со ста берет. Ну, пятьсот, положим, пятьсот тысяч, по крайней мере, это наверно; ну, излишек на тряпки, гм...

Он кончил раздумье, высморкался и хотел уже выйти из комнаты, как вдруг взглянул на девочку и остановился. Он меня не видал за горшками с зеленью. Мне казалось, что он был крайне взволнован. Или расчет подействовал на него, или что-нибудь другое, но он потирал себе руки и не мог постоять на месте. Это волнение увеличилось до nec plus ultra,[2] когда он остановился и бросил другой, решительный взгляд на будущую невесту.

Er wollte auf sie zugehen, sah sich aber zunächst argwöhnisch um. Und dann näherte er sich auf den Zehenspitzen, wie schuldbewusst dem Kinde. Er lächelte der Kleinen zu, beugte sich über sie und küsste sie auf den Kopf. Das Kind, das den Überfall nicht erwartet hatte, schrie erschrocken auf.

»Was machen Sie hier, liebes Kind?« fragte er flüsternd. Dabei sah er sich im Kreise um und tätschelte zugleich dem Mädchen die Wangen.

»Wir spielen ... «

»So? Mit dem da?« Julian Mastakowitsch schielte auf den Knaben.

»Du solltest doch lieber in den Saal gehen, mein Freund!« sagte er zu ihm.

Der Knabe schwieg und starrte ihn mit weit aufgerissenen Augen an. Julian Mastakowitsch sah sich noch einmal um und beugte sich wieder zur Kleinen. »Haben Sie ein Püppchen da, liebes Kind?« fragte er sie.

»Ja, ein Püppchen,« antwortete das Mädchen schüchtern und verzog etwas das Gesicht.

»So, ein Püppchen ... Und wissen Sie, liebes Kind, woraus Ihr Püppchen gemacht ist?«

»Ich weiß nicht ...,« antwortete die Kleine kaum hörbar und senkte ihr Köpfchen.

»Aus Läppchen, mein Schatz, – Du solltest doch lieber in den Saal zu deinen Freunden gehen, mein Junge!« sagte Julian Mastakowitsch, mit

Он было двинулся вперед, но сначала огляделся кругом. Потом, на цыпочках, как будто чувствуя себя виноватым, стал подходить к ребенку. Он подошел с улыбочкой, нагнулся и поцеловал ее в голову. Та, не ожидая нападения, вскрикнула от испуга.

— А что вы тут делаете, милое дитя? — спросил он шепотом, оглядываясь и трепля девочку по щеке.

— Играем...

— А? с ним? — Юлиан Мастакович покосился на мальчика.

— А ты бы, душенька, пошел в залу, — сказал он ему. Мальчик молчал и глядел на него во все глаза. Юлиан Мастакович опять поосмотрелся кругом и опять нагнулся к девочке.

— А что это у вас, куколка, милое дитя? — спросил он.

— Куколка, — отвечала девочка, морщась и немножко робея.

— Куколка... А знаете ли вы, милое дитя, из чего ваша куколка сделана?

— Не знаю... — отвечала девочка шепотом и совершенно потупив голову.

— А из тряпочек, душенька. Ты бы пошел, мальчик, в залу, к своим сверстникам, — сказал Юлиан Мастакович, строго посмотрев

einem strengen Blick auf den Knaben. Das Mädchen und der Knabe machten unzufriedene Gesichter und fassten sich bei den Händen. Sie wollten sich nicht trennen.

»Und wissen Sie, warum man Ihnen das Püppchen geschenkt hat?« fragte Julian Mastakowitsch weiter, seine Stimme immer mehr und mehr dämpfend.

»Ich weiß nicht.«

»Nun, weil Sie die ganze Woche über ein liebes und wohlerzogenes Kind gewesen sind!«

Nun sah sich Julian Mastakowitsch, dessen Aufregung wohl ihren Höhepunkt erreicht hatte, wieder um, dämpfte noch mehr seine Stimme und fragte kaum hörbar und bebend:

»Und werden Sie mich lieben, liebes Kind, wenn ich zu Ihren Eltern zum Besuch komme?«

Bei diesen Worten wollte er das liebe Mädchen wieder küssen, doch der rothaarige Knabe, welcher sah, dass das Mädchen dem Weinen nahe war, fasste sie an den Händen und begann aus Mitgefühl zu heulen. Julian Mastakowitsch wurde nun ernsthaft böse.

»Geh weg! Geh weg von hier!« schrie er den Kleinen an. »Geh in den Saal! Zu deinen Freunden!«

»Nein, ich will nicht! Ich will nicht! Gehen Sie doch weg!« sagte das Mädchen. »Lassen Sie ihn in Ruhe! Lassen Sie ihn!« Sie weinte schon beinahe.

на ребенка. Девочка и мальчик поморщились и схватились друг за друга. Им не хотелось разлучаться.

— А знаете ли вы, почему подарили вам эту куколку? — спросил Юлиан Мастакович, понижая всё более и более голос.

— Не знаю.

— А оттого, что вы были милое и благонравное дитя всю неделю.

Тут Юлиан Мастакович, взволнованный донельзя, осмотрелся кругом и, понижая всё более и более голос, спросил наконец неслышным, почти совсем замирающим от волнения и нетерпения голосом:

— А будете ли вы любить меня, милая девочка, когда я приеду в гости к вашим родителям?

Сказав это, Юлиан Мастакович хотел еще один раз поцеловать милую девочку, но рыженький мальчик, видя, что она совсем хочет заплакать, схватил ее за руки и захныкал от полнейшего сочувствия к ней. Юлиан Мастакович рассердился не в шутку.

— Пошел, пошел отсюда, пошел! — говорил он мальчишке. — Пошел в залу! пошел туда, к своим сверстникам!

— Нет, не нужно, не нужно! подите вы прочь, — сказала девочка, — оставьте его,

An der Türe ließ sich ein Geräusch vernehmen; Julian Mastakowitsch erschrak und reckte seinen majestätischen Leib. Noch mehr als er erschrak aber der rothaarige Junge: er ließ das Mädchen stehen und schlich sich leise, an der Wand entlang, aus dem Salon ins Esszimmer. Um jeden Verdacht von sich abzulenken, begab sich Julian Mastakowitsch gleichfalls in das Esszimmer. Er war rot wie ein Krebs, und als er sich, zufällig in einem Spiegel erblickte, schien er sich vor sich selbst zu schämen. Vielleicht ärgerte er sich über seine eigene Übereilung und Ungeduld. Vielleicht hatte ihn vorher seine Berechnung an den Fingern so sehr begeistert und entzückt, dass er seine ganze Gesetztheit und Würde außer Acht ließ und sich wie ein dummer Junge zu handeln entschloss, der den Gegenstand seines Schwärmens im Sturme zu erobern versucht, obwohl dieser Gegenstand erst in mindestens fünf Jahren ein wirklicher Gegenstand werden kann. Ich folgte dem würdigen Herrn ins Esszimmer, und meinen Augen bot sich ein seltsames Schauspiel. Julian Mastakowitsch, der vor Ärger und Bosheit ganz rot geworden war, suchte den rothaarigen Knaben aus dem Esszimmer zu verjagen. Doch der Knabe zog sich vor ihm immer weiter und weiter zurück und wusste schließlich nicht, wohin er sich in seiner Angst verkriechen sollte.

»Geh hinaus! Geh hinaus! Was machst du hier, frecher Bengel? Stiehlst wohl Obst vom Tische, was? Du stiehlst Obst? Geh hinaus, rotznasiger Taugenichts! Geh zu deinen Freunden...«

оставьте его! — говорила она, почти совсем заплакав.

Кто-то зашумел в дверях, Юлиан Мастакович тотчас же приподнял свой величественный корпус и испугался. Но рыженький мальчик испугался еще более Юлиана Мастаковича, бросил девочку и тихонько, опираясь о стенку, прошел из гостиной в столовую. Чтоб не подать подозрений, Юлиан Мастакович пошел также в столовую. Он был красен как рак и, взглянув в зеркало, как будто сконфузился себя самого. Ему, может быть, стало досадно за горячку свою и свое нетерпение. Может быть, его так поразил вначале расчет по пальцам, так соблазнил и вдохновил, что он, несмотря на всю солидность и важность, решился поступить как мальчишка и прямо абордировать свой предмет, несмотря на то что предмет мог быть настоящим предметом по крайней мере пять лет спустя. Я вышел за почтенным господином в столовую и увидел странное зрелище. Юлиан Мастакович, весь покраснев от досады и злости, пугал рыжего мальчика, который, уходя от него всё дальше и дальше, не знал — куда забежать от страха.

— Пошел, что здесь делаешь, пошел, негодник, пошел! Ты здесь фрукты таскаешь, а? Ты здесь фрукты таскаешь? Пошел, негодник, пошел, сопливый, пошел, пошел к своим сверстникам!

Der erschreckte Knabe entschloss sich zum äußersten Mittel und rettete sich unter den Tisch. Nun nahm der wütende Verfolger sein langes Battisttuch aus der Tasche und versuchte damit den Knaben, der ganz still und verängstigt unter dem Tische kauerte, herauszupeitschen. Ich muss bemerken, dass Julian Mastakowitsch ziemlich korpulent war: ein sattes, rotbackiges, stämmiges Männchen mit ziemlichen Embonpoint und fetten Schenkeln, rund wie eine Nuss. Er schwitzte und schnaubte entsetzlich und war über und über rot. Allmählich geriet er in Raserei: so groß war sein Zorn und vielleicht auch (wer kann es wissen?) seine Eifersucht. Ich lachte aus vollem Halse auf. Julian Mastakowitsch wandte sich nach mir um und wurde, trotz seiner ganzen majestätischen Würde, furchtbar verlegen. In diesem Augenblick zeigte sich an der entgegengesetzten Türe der Herr des Hauses. Der Knabe kroch unter dem Tische hervor und wischte sich Knie und Ellenbogen ab. Julian Mastakowitsch beeilte sich, sein Taschentuch, das er noch an einem Zipfel in der Hand hielt, an die Nase zu führen, als wollte er sich gerade schnäuzen.

Der Hausherr sah uns drei etwas erstaunt an. Doch als ein Mann, der das Leben kennt und es stets von der ernsten Seite nimmt, nützte er sofort die Gelegenheit aus, den Gast ohne viele Zeugen sprechen zu können.

»Das ist der Knabe,« sagte er, auf den Rothaarigen zeigend, »für den ich mir vorhin mich bei Ihnen zu verwenden erlaubte ...«

Перепуганный мальчик, решившись на отчаянное средство, попробовал было залезть под стол. Тогда его гонитель, разгоряченный донельзя, вынул свой длинный батистовый платок и начал им выхлестывать из-под стола ребенка, присмиревшего до последней степени. Нужно заметить, что Юлиан Мастакович был немножко толстенек. Это был человек сытенький, румяненький, плотненький, с брюшком, с жирными ляжками, словом, что называется, крепняк, кругленький, как орешек. Он вспотел, пыхтел и краснел ужасно. Наконец он почти остервенился, так велико было в нем чувство негодования и, может быть (кто знает?), ревности. Я захохотал во всё горло. Юлиан Мастакович оборотился и, несмотря на всё значение свое, сконфузился в прах. В это время из противоположной двери вошел хозяин. Мальчишка вылез из-под стола и обтирал свои колени и локти. Юлиан Мастакович поспешил поднесть к носу платок, который держал, за один кончик, в руках.

Хозяин немножко с недоумением посмотрел на троих нас; но, как человек, знающий жизнь и смотрящий на нее с точки серьезной, тотчас же воспользовался тем, что поймал наедине своего гостя.

— Вот-с тот мальчик-с, — сказал он, указав на рыженького, — о котором я имел честь просить...

»Ach so!« erwiderte Julian Mastakowitsch, der sich noch nicht ganz erholt hatte.

»Der Sohn der Gouvernante meiner Kinder,« fuhr der Hausherr in bittendem Tone fort. »Seine Mutter ist eine arme Frau, die Witwe eines sehr ehrlichen Beamten; und darum, wenn es möglich ist, Julian Mastakowitsch ...«

»Ach, nein, nein!« fiel ihm Julian Mastakowitsch hastig ins Wort. »Nein, Sie müssen mich entschuldigen, Philipp Alexejewitsch, aber es geht wirklich nicht. Ich habe mich erkundigt: es gibt keine einzige Freistelle, und wenn es auch eine gäbe, so warten auf sie bereits zehn andere Kandidaten, die alle mehr Anrecht haben als er ... Es tut mir wirklich sehr leid ...«

»Schade,« sagte der Hausherr, »denn er ist ein stilles und bescheidenes Kind ...«

»Ein unerzogener Bengel, wie ich sehe,« entgegnete Julian Mastakowitsch, seinen Mund hysterisch verziehend. »Geh weg, Junge! Was stehst du da? Geh doch zu deinen Freunden!« sagte er, sich wieder an den Knaben wendend.

Er konnte sich offenbar nicht mehr beherrschen und schielte mit einem Auge auf mich. Auch ich konnte mich nicht beherrschen und lachte ihm gerade ins Gesicht. Julian Mastakowitsch wandte sich sofort wieder weg und fragte den Hausherrn so demonstrativ, dass ich es merken musste, wer dieser sonderbare junge Mann sei? Sie begannen beide zu flüstern und verließen das Zimmer.

— А? — отвечал Юлиан Мастакович, еще не совсем оправившись.

— Сын гувернантки детей моих, — продолжал хозяин просительным тоном, — бедная женщина, вдова, жена одного честного чиновника; и потому... Юлиан Мастакович, если возможно...

— Ах, нет, нет, — поспешно закричал Юлиан Мастакович, — нет, извините меня, Филипп Алексеевич, никак невозможно-с. Я справлялся: вакансии нет, а если бы и была, то на нее уже десять кандидатов, гораздо более имеющих право, чем он... Очень жаль, очень жаль...

— Жаль-с, — повторил хозяин, — мальчик скромненький, тихонький...

— Шалун большой, как я замечаю, — отвечал Юлиан Мастакович, истерически скривив рот, — пошел, мальчик, что ты стоишь, пойди к своим сверстникам! — сказал он, обращаясь к ребенку.

Тут он, кажется, не мог утерпеть и взглянул на меня одним глазом. Я тоже не мог утерпеть и захохотал ему прямо в глаза. Юлиан Мастакович тотчас же отворотился и довольно явственно для меня спросил у хозяина, кто этот странный молодой человек? Они зашептались и вышли из комнаты.

Ich sah noch, wie Julian Mastakowitsch, den Erklärungen des Hausherrn zuhörend, misstrauisch den Kopf schüttelte.

Als ich genug gelacht hatte, kehrte ich in den Saal zurück. Der große Mann stand, von Vätern und Müttern umgeben, da und sprach mit großer Begeisterung auf eine Dame ein, zu der man ihn eben herangeführt hatte. Die Dame hielt das Mädchen an der Hand, mit dem Julian Mastakowitsch soeben den Auftritt im Salon gehabt hatte. Jetzt erging er sich in begeisterten Lobsprüchen auf die Schönheit, die Talente, Grazie und Wohlerzogenheit des schönen Kindes. Er machte der Mutter ganz offenbar den Hof. Die Mutter hörte ihm zu, vor Entzücken beinahe weinend. Der Mund des Vaters lächelte. Der Hausherr freute sich über die allseitigen Freudenergüsse. Selbst alle Gäste nahmen ihren Anteil daran, und sogar die Kinder mussten ihre Spiele abbrechen, um das Gespräch nicht zu stören. Die ganze Luft war von Ehrfurcht erfüllt. Ich hörte später, wie die bis ins Innerste ihrer Seele gerührte Mutter des interessanten Mädchens Julian Mastakowitsch in gewählten Ausdrücken bat, ihr die besondere Ehre zu erweisen und ihr Haus mit seinem Besuch zu beehren; ich hörte, mit welch echtem Entzücken Julian Mastakowitsch die Einladung annahm, und wie nachher alle Gäste, nachdem sie sich, wie es der Anstand gebot, nach verschiedenen Seiten zerstreut hatten, ein Loblied anstimmten auf den Branntweinpächter, auf seine Gemahlin, auf das Töchterchen und ganz besonders auf Julian Mastakowitsch.

Я видел потом, как Юлиан Мастакович, слушая хозяина, с недоверчивостью качал головою.

Нахохотавшись вдоволь, я воротился в залу. Там великий муж, окруженный отцами и матерями семейств хозяйкой и хозяином, что-то с жаром толковал одной даме, к которой его только что подвели. Дама держала за руку девочку, с которою, десять минут назад, Юлиан Мастакович имел сцену в гостиной. Теперь он рассыпался в похвалах и восторгах о красоте, талантах, грации и благовоспитанности милого дитяти. Он заметно юлил перед маменькой. Мать слушала его чуть ли не со слезами восторга. Губы отца улыбались. Хозяин радовался излияниям всеобщей радости. Даже все гости сочувствовали, даже игры детей были остановлены, чтоб не мешать разговору. Весь воздух был напоен благоговением. Я слышал потом, как тронутая до глубины сердца маменька интересной девочки в отборных выражениях просила Юлиана Мастаковича сделать ей особую честь, подарить их дом своим драгоценным знакомством; слышал, с каким неподдельным восторгом Юлиан Мастакович принял приглашение и как потом гости, разойдясь все, как приличие требовало, в разные стороны, рассыпались друг перед другом в умилительных похвалах откупщику, откупщице, девочке и в особенности Юлиану Мастаковичу.

»Ist dieser Herr verheiratet?« fragte ich ziemlich laut einen meiner Bekannten, der Julian Mastakowitsch am nächsten stand.

Julian Mastakowitsch warf mir einen prüfenden, bösen Blick zu.

»Nein!« gab mir mein Bekannter zur Antwort. Er war über meine absichtliche Taktlosigkeit bis in die Tiefe seines Wesens gekränkt.

Neulich ging ich an der x-Kirche vorbei. Die große Menschenansammlung vor dem Kirchenportal fiel mir auf. Alle sprachen von einer Hochzeit. Der Tag war trüb, und da es gerade etwas zu regnen anfing, drängte ich mich mit der Menge in die Kirche hinein. Hier sah ich den Bräutigam. Es war ein kleines, sattes, rundliches Männchen mit ziemlichem Embonpoint und sehr geputzt. Er lief geschäftig hin und her und traf die letzten Vorbereitungen. Bald begann man zu flüstern, dass die Braut soeben angekommen sei. Ich drängte mich vor und erblickte eine wunderbare Schönheit, mit allen Reizen des ersten Lenzes geschmückt. Doch die Schöne war blass und traurig. Sie blickte zerstreut um sich, und es schien mir sogar, dass ihre Augen von Tränen gerötet seien. Die antike Strenge ihrer Gesichtszüge verlieh ihrer Schönheit etwas Ernstes und Majestätisches. Doch durch diese Strenge und Feierlichkeit, durch diese Traurigkeit hindurch leuchtete noch die ganze Unschuld ihrer frühen Jugend. Aus ihrem ganzen Wesen sprach etwas unsagbar Naives, Weiches, Kindliches, das ohne Worte um Gnade zu flehen schien.

— Женат этот господин? — спросил я, почти вслух, одного из знакомых моих, стоявшего ближе всех к Юлиану Мастаковичу.

Юлиан Мастакович бросил на меня испытующий и злобный взгляд.

— Нет! — отвечал мне мой знакомый, огорченный до глубины сердца моею неловкостию, которую я сделал умышленно...

Недавно я проходил мимо ***ской церкви; толпа и съезд поразили меня. Кругом говорили о свадьбе. День был пасмурный, начиналась изморось; я пробрался за толпою в церковь и увидал жениха. Это был маленький, кругленький, сытенький человечек с брюшком, весьма разукрашенный. Он бегал, хлопотал и распоряжался. Наконец раздался говор, что привезли невесту. Я протеснился сквозь толпу и увидел чудную красавицу, для которой едва настала первая весна. Но красавица была бледна и грустна. Она смотрела рассеянно; мне показалось даже, что глаза ее были красны от недавних слез. Античная строгость каждой черты лица ее придавала какую-то важность и торжественность ее красоте. Но сквозь эту строгость и важность, сквозь эту грусть просвечивал еще первый детский, невинный облик; сказывалось что-то донельзя наивное, неустановившееся, юное и, казалось, без просьб само за себя молившее о пощаде.

Man sagte, sie sei erst kaum sechzehn Jahr alt. Ich sah mir den Bräutigam noch einmal aufmerksam an und erkannte in ihm Julian Mastakowitsch, den ich seit fünf Jahren nicht gesehen hatte. Dann sah ich wieder auf die Braut ... Mein Gott! Ich bemühte mich, die Kirche so schnell als möglich zu verlassen. Im Publikum sprach man davon, dass die Braut sehr reich sei, dass sie eine Mitgift von fünfmalhunderttausend Rubeln in bar besitze ... und dazu noch eine Aussteuer im Werte von so und so viel ...

»Die Rechnung hat also gestimmt!« sagte ich mir, auf die Straße tretend.

Говорили, что ей едва минуло шестнадцать лет. Взглянув внимательно на жениха, я вдруг узнал в нем Юлиана Мастаковича, которого не видел ровно пять лет. Я поглядел на нее... Боже мой! Я стал протесняться скорее из церкви. В толпе толковали, что невеста богата, что у невесты пятьсот тысяч приданого... и на сколько-то тряпками...

«Однако расчет был хорош!» — подумал я, протеснившись на улицу...

---

[1] из любви (*франц.*).

[2] до крайних пределов (*лат.*).